LES ŒUVRES

D'UN PROVENÇAL

MÉLANGES LITTÉRAIRES EN PROSE ET EN VERS.

ÉVREUX — BERNAUDIN, IMPRIMEUR.

LES ŒUVRES

D'UN PROVENÇAL

MÉLANGES LITTÉRAIRES EN PROSE ET EN VERS.

Une partie du produit provenant de la vente de cet ouvrage est destinée à une bonne œuvre.

PARIS

CAJANI, ÉDITEUR, RUE DE CALAIS, 7.

1864.

PRÉFACE.

—

En livrant au public ce modeste volume, j'ai voulu faire ce que d'autres font, lui offrir quelques lectures édifiantes.

Je suis un provençal qui aime la religion de ses pères, le culte de la Sainte-Vierge, le peuple et son pays. Telle est ma profession de foi : je la formule sans honte comme sans arrière-pensées.

J'ai écrit pour ceux qui ont les mêmes idées que moi, pour ceux aussi qui ne les partageraient pas. Tout le monde pourra donc sans inconvénient parcourir ces pages. L'on n'y rencontrera généralement que des détails religieux.

Ces articles ont été déjà reproduits par divers journaux. J'ai voulu les condenser dans une brochure. Le caractère pieux des sujets qu'elle renferme plaira, j'ose l'espérer, au plus grand nombre de mes lecteurs. Mon travail n'aura pas été tout-à-fait inutile s'il peut leur inspirer quelques pensées chrétiennes.

AUG. TESTANIÈRE.

I.

Le Provençal et le Colporteur.

Il y a peu de temps, un provençal s'en allait d'un pas allègre cultiver son petit domaine. Sous son habit rustique, battait un cœur dévoué à la foi de ses pères, à Dieu et à la Vierge. Il marchait..., il marchait toujours, attendu que la terre qu'il arrosait de ses sueurs était quelque peu éloignée de ses pénates, lorsqu'en débouchant sur le grand chemin, car jusqu'alors il n'avait suivi qu'un sentier détourné, perdu dans les buissons épineux, il se trouva en présence d'un colporteur du département de l'Isère, qui s'avançait péniblement sous le poids de sa hotte. Il venait, le modeste commerçant, offrir sa marchandise aux habitants du village. S'arrêter, saluer le vigoureux provençal qui le salua à son tour, lui présenter maints articles, fut pour le colporteur l'affaire d'un court instant. Le provençal ne répondit pas directement à la proposition qui venait de lui être faite, et demanda tout d'abord à son interlocuteur s'il était du pays où Notre-Dame a apparu dans la montagne, bref des environs de la Salette. Le marchand répliqua affirmativement, et, afin de soulager ses épaules, comme aussi s'il eût tenu à donner plus d'essor à son éloquence, il se hâta de placer son bâton noueux, cet inséparable compagnon de route de tous les voyageurs de son espèce, sous la caisse qui renfermait sa marchandise.

Il narra si bien une foule de détails relatifs à la dévotion des fidèles qui se succèdent chaque jour sans interruption sur la montagne sanctifiée par l'apparition de la Mère de Dieu ; il sut si bien énumérer les miracles qui s'y opèrent souvent et dont il avait entendu parler ; si bien vanter la générosité des serviteurs de Marie dont les offrandes ont servi à y édifier un magnifique sanctuaire ; en un mot, les renseignements qu'il donna au laboureur furent si touchants, à ce qu'il paraît, que celui-ci en fut vivement ému.

Il eût voulu, lui aussi, le religieux villageois, partir en dévot pèlerin, malheureusement, il ne pouvait entreprendre un voyage aussi dispendieux. Il eût bien désiré de voir s'opérer un miracle en sa présence, mais il se consolait en se disant à part lui, qu'après tout il croyait fermement que la Sainte-Vierge peut réaliser des choses merveilleuses; il croyait sans voir : sa foi, pensait-il, devait lui suffire... que faire cependant? Puisqu'il ne peut accomplir un pélerinage qui est évidemment selon les désirs de son cœur, il veut au moins offrir à la Vierge une preuve de son dévouement filial. Il prend alors sa maigre bourse, il en retire une pièce de cent sous et la remet au colporteur, en lui recommandant de la donner, en son nom, à Notre-Dame, lorsqu'il ira de nouveau visiter son sanctuaire. Le marchand fut heureux d'accepter une semblable commission; il promit de l'exécuter ponctuellement, et l'on se sépara.

Peu de jours après, par une belle matinée de printemps, alors que les premiers rayons d'un magnifique soleil doraient à peine les sommets des hautes collines, notre provençal se rendait de nouveau à sa terre. Il marchait..., il marchait toujours sur le même sentier aux bords épineux, lorsqu'il aperçoit à ses pieds, jetée là sur le sol, par une main providentielle sans doute, quoi? une pièce de cinq francs... La Sainte Vierge lui rendait le don qu'il lui avait envoyé par l'intermédiaire du colporteur... Personne ne réclama cet argent; nul ne se plaignit de l'avoir perdu.

Il restait encore au provençal le droit à une récompense plus précieuse, celle que mérite toute bonne action. Marie a dû inscrire cette récompense sur le grand livre de l'Eternité.

Ouvrons notre bourse, enfants de Marie, en faveur des monuments qu'on bâtit à la gloire de notre Mère. La souveraine du ciel saura bien tôt ou tard nous tenir compte de notre générosité et nous rendre au centuple, dans l'autre vie, peut-être même en ce monde, le prix de nos offrandes.

II.

La légende de Notre-Dame de la Fleur (Basses-Alpes).

Il n'est plus une vallée sur laquelle, comme une sentinelle protectrice, Marie ne veille. Ici, c'est la somptueuse chapelle érigée en son honneur et qui attire un grand nombre de pélerins de tout âge et de tout rang; ailleurs, et le plus ordinairement, c'est un modeste édifice, entouré de solitude, caché parmi les arbres touffus ou dominé par de scabreux rochers majestueusement élancés vers les cieux. Or, ce monument, avec sa simplicité antique, avec ses murs noircis par la vétusté, annonce d'avance, au voyageur qui le rencontre, un prodige opéré par la puissance de la Vierge. Aperçoit-on, en effet, quelque retirée quelle soit, une chapelle placée sous son vocable, naturellement l'on se demande quelle a été la cause primitive de son existence, et presque toujours la réponse à cette question amène les détails d'un miracle opéré par son intervention maternelle. Marie a voulu des oratoires pour tous les cœurs, des asiles de prière dans tous les lieux. Aux âmes vivant dans le monde, elle présente ces grands pèlerinages où, à toutes les époques de l'année, on accourt avec confiance et empressement; aux âmes plus calmes, habituées à la vie paisible du village ou de la petite ville, elle offre l'humble autel élevé à sa gloire, placé comme une oasis dans le ravin caché de la montagne ou bien sur la colline en pente douce, et visité le plus souvent, durant l'hiver, par les frimas et les vents impétueux. N'est-elle pas entourée d'une belle, d'une suave et sainte beauté, ne répand-elle pas un parfum odorant de poésie sublime, cette chapelle que vous trouvez modeste, simple comme la nature, au détour d'une gorge profonde ou bien au sommet d'un roc séculaire posé en dominateur suprême sur la vallée? Vous comprenez alors qu'il nous faut, à nous tous, les exilés d'ici-bas, un peu de repos, et que nous en trouvons à coup sûr aux pieds de Marie. Elle ne veut pas que nous fournissions notre carrière sans que nous fassions quelques haltes à l'ombre de ces pieuses retraites d'où la prière, semblable à la fumée d'un pur encens, prend son essor vers le ciel.

N'attendez point de ma part, la description pompeuse d'un monument superbe. Celui dont je veux vous parler est tour-à-tour obscur comme la vie de la Sainte-Vierge, simple comme la violette printanière exhalant ses parfumées émanations au bord du chemin escarpé. Là aussi, Marie s'est plu à faire éclater sa puissance par des miracles, là aussi elle a écouté la voix de la détresse, venant implorer son assistance qu'elle ne sait refuser. Le pieux édifice que je veux vous faire connaître se revêt, comme d'un manteau d'honneur, d'une humilité profonde, car il n'est point d'histoire écrite qui nous ait transmis des détails sur l'époque et les circonstances de sa fondation. La tradition seule pourra jeter une lueur sur mes aperçus, éclairer la marche de mon récit. C'est donc elle que je consulterai en transcrivant les données suivantes sur l'origine de la chapelle de Notre-Dame de la Fleur, sur la statue qu'elle possède et sur les merveilles qui se sont opérées par son intercession.

C'est à un myriamètre environ de Thorame-Haute, sur la rive gauche du Verdon et sur la route de Saint-André, dans l'arrondissement de Castellane, qu'est située la chapelle de Notre-Dame de la Fleur. Un petit ermitage est joint au corps du bâtiment. Sa construction daterait seulement du 17e siècle. Elle n'offre rien de remarquable sous le rapport architectural. Les événements que nous allons rapporter, touchant la cause de sa fondation, sont attestés par la croyance traditionnelle de tout un village se composant d'une population de huit cents habitants, à peu de chose près. A une époque qu'on ne peut parfaitement préciser, un berger natif de Thorame-Haute et dont les descendants existent encore aujourd'hui, se présenta aux magistrats de la localité et leur déclara que dans une extase céleste, un esprit divin s'était communiqué à lui. Cet être surnaturel lui donnait pour mission d'engager ses compatriotes à édifier un monument en l'honneur de la Sainte-Vierge, dans l'endroit même où il existe aujourd'hui. Ce berger, dans la modestie de sa condition, pratiquait tous les devoirs d'un bon et fervent chrétien ; il se préoccupait avant tout du soin de plaire à Dieu, et son cœur était pleinement satisfait quand il l'avait retrempé dans la douce ferveur de la prière. Du reste, dans son village, chacun l'estimait et lui donnait sa confiance. Les autorités du pays auxquelles il venait de découvrir le mystère de sa première vision, eurent d'abord de la peine à y ajouter foi et voulurent, avant de se rendre à ses vœux, être témoins de faits plus capables de les persuader. Quelques jours plus tard, il se présente de nouveau, mais cette fois c'est devant la population tout entière, réunie sur la place publique du bourg. Il apprend, nouveau Pierre l'Ermite, à ses concitoyens, toutes les particularités d'une vision récente, durant laquelle un esprit surnaturel, le même qu'il avait déjà vu, lui confiait, en termes explicites et impérieux, la tâche de leur annoncer qu'ils eussent à hâter l'exécution d'une œuvre à la gloire de Marie. Ses paroles, inspirées par je ne sais quoi de prophétique, ne convertirent que peu de monde. Cependant, quelques-uns de ceux qui l'écoutaient, mus plutôt par un sentiment de légitime curiosité, résolurent de se transporter immédiatement sur le lieu où paissait le troupeau de ce nouveau révélateur. Grand fut leur étonnement quand ils l'aperçurent parfaitement gardé; réuni en un faisceau serré, compacte, il était là comme sous l'œil vigilant de son gardien ordinaire. Ce fait qu'ils vérifièrent avec la plus minutieuse exactitude, ne tarda pas à leur donner l'assurance de la vérité de l'apparition, et ils ne doutèrent plus que la main invisible, la même qui dirigeait le berger, ne conduisît aussi son troupeau. Quelque temps après, on voyait une population entière, riches et pauvres, jeunes et vieux, femmes et enfants jeter les fondements de Notre-Dame de la Fleur. Un jour, au moment où toute cette foule prenait un repas, à l'heure de midi, un de ces volontaires et pieux ouvriers parlait en public des difficultés qu'il éprouvait à transporter le sable nécessaire aux travaux. Il fallait, en effet, traverser la rivière du Verdon. Tout-à-coup, et sans doute pour obéir à un pieux désir, le torrent change de place et se précipite comme par enchantement, sur l'autre côté de la rive, afin de laisser un libre passage. Ce prodige fut un coup d'éclair pour tous ceux qui en furent les heureux témoins. On obéit désormais et sans restriction, à la volonté du ciel. L'énergie des travailleurs se réveilla plus forte, et, comme à l'époque des Croisades, on dut entendre ce cri d'enthousiasme : Dieu le veut ! Dieu le veut ! La construction poussée avec une activité extraordinaire, était achevée quelques jours après, et la terre comptait un édifice de plus dédié à la protectrice des hommes.

Disons un mot de la statue de Notre-Dame de la Fleur. C'est là une œuvre d'une beauté parfaite. Son origine est toute miraculeuse : un muletier d'Allos, gros village situé à quelques kilomètres au-dessus de Notre-Dame de la Fleur, quittait Marseille et se rendait au lieu de sa résidence. Il trouva un jour, parmi les objets qu'il transportait, une statue magnifique de la Vierge. Une inscription parfaitement lisible était placée sur le buste et portait ces mots : A ma destination. Parvenu à l'emplacement qu'occupe aujourd'hui la chapelle qui n'avait pas encore été bâtie à cette époque, le voiturier ne put qu'avec une peine infinie faire avancer son mulet. Il traversa enfin Thorame-Haute, mais arrivé devant l'Église paroissiale de ce village, il fut dans l'impossibilité, malgré tous ses efforts, de conduire le mulet plus loin. Il reconnut que la statue était arrivée à sa destination ; il la déposa dans l'église et continua sa route, attendri, ému, vivement impressionné par le caractère de cet événement. La fête de Notre-Dame de la Fleur se célèbre, chaque année, le lundi de la Pentecôte ; une décision épiscopale l'a fixée à ce jour. On y porte processionnellement la statue que l'on conserve dans la paroisse de Thorame-Haute.

De nombreuses layettes fixées au mur et que tout le monde peut voir, attestent que beaucoup d'enfants mort-nés sont revenus à l'existence après une courte prière et ont vécu suffisamment pour recevoir la grâce du baptême. Un tout petit tableau que l'on aperçoit à côté du maître-autel représente, en forme d'*ex-voto*, un malheureux charretier emporté par deux chevaux fougueux, à la crinière hérissée; il est lui-même, ayant le corps renversé, suspendu sur le derrière du véhicule, par l'un de ses pieds embarrassé dans les cordages; dans la poussière traîne son chef qui n'a plus la forme d'une tête humaine. On ignore quelle main a posé là ce tableau. Quoi qu'il en soit, il est permis de croire que le patient aura recouru à la protection de Marie, de Notre-Dame de la Fleur peut-être, et aura été par elle sauvé du danger imminent qu'il courait dans le triste état où on le voit dépeint.

Il y a quelques années à peine, une femme d'un village peu distant de la position qu'occupe Notre-Dame de la Fleur, s'était rendue à la chapelle pour accomplir un acte de dévotion. Sur la fin de la journée elle regagnait ses pénates; un mulet lui servait de monture et elle tenait dans ses bras un tout jeune enfant. Le chemin, à quelques kilomètres plus bas, est bordé d'un précipice qu'on ne peut regarder sans horreur. Effrayé sans doute par quelque objet s'offrant soudainement à sa vue, l'animal recule et se jette tout-à-coup du haut de cette roche dans l'abîme, ne donnant à personne le temps de le retenir. Périr misérablement devait être le sort destiné à ces trois êtres ainsi lancés dans un espace sans fond. Il n'en fut rien : la mère, l'enfant et le mulet n'avaient pas éprouvé le moindre mal, la plus minime frayeur, résultat nécessaire d'une chute semblable. Les voyageurs qui passent peuvent voir aujourd'hui dans un modeste oratoire élevé sur le théâtre même de cet accident, un tableau qui en reproduit toutes les phases diverses et émouvantes.

Une relation sur la chapelle, que j'ai consultée, insérée dans un journal en 1837, porte que le nom de Notre-Dame de la Fleur vient indubitablement de ce qu'on fut autorisé à célébrer cette fête en l'honneur de Marie dans la saison des fleurs. On pourrait énoncer à ce sujet d'autres explications plus ou moins vraies. Ici se présente un champ ouvert à des idées toutes conjecturales : je laisse à d'autres le soin de l'explorer.

Regardez ces quelques lignes comme un chant de mon affection filiale pour la Reine du ciel, comme un témoignage de ma reconnaissance pour Notre-Dame de la Fleur. Elles vous rediront encore, que partout la Sainte-Vierge veut nous aider et que son bonheur aussi est d'habiter parmi les enfants des hommes.

Si jamais la Providence appelait quelqu'un d'entre vous au milieu de nos Alpes, dans la mystérieuse solitude où repose sa chapelle, ne passez point sans prier....

La Madone, en cet endroit, a fixé sa demeure sur une route : c'est sans doute pour tendre la main aux passants, et, nous tous, ne sommes-nous pas des voyageurs ?

Le Mystère et le Masque de Fer.

L'homme est pour l'homme le plus grand des mystères, a dit un philosophe se livrant à l'étude de son cœur. Un autre, moins exclusif, aurait pu ajouter, sans mentir aux données de l'expérience : tout ce qui m'entoure porte avec soi le cachet du mystère. Jetez vos regards dans la nature, et la vérité de cette dernière assertion vous apparaîtra dans tout son jour. A la jeune plante que l'on a vue le soir, si faible, agitée par la brise, suffit la calme durée d'une nuit pour qu'elle se montre le matin plus radieuse que l'éclat des pierreries répandues sur la robe noire d'une veuve de Séville. Qui m'expliquera cette transformation subite? — On met le grain en terre, et le grain produit bientôt une tige élancée que l'impitoyable main du moissonneur coupera sans merci. Qui me démontrera toutes les gradations de ce développement? — Comment l'air que je respire va-t-il, à mon insu, mettre en jeu mes poumons? Comment encore ma nourriture de chaque jour dispense-t-elle la vie, avec tant de mesure, à chaque partie de mon être? Et ces globes immenses qui roulent sur nos têtes, comment suivent-ils constamment la même direction? sont-ils habités? Les hommes sont-ils là ce que nous sommes nous-mêmes? Y voit-on des animaux qui rampent et des animaux qui volent, et de somptueux édifices, et des potentats, et des contrées qu'on décore du doux nom de patrie? Existe-t-il là, des lois, une croyance en Dieu? Mystères que tout cela.. — Silence! Arrêtons-nous un instant. Les voix suaves qui chantent les louanges du Seigneur s'en vont errer le long des voûtes mélodieuses, et reviennent ensuite inonder nos âmes de leur religieuse harmonie. Oh! comme ici tout fait taire les douleurs! Comme ici tout dégage la vie spirituelle des infirmités matérielles qui l'obsèdent! A présent que les chants ont cessé, approchons-nous de l'autel et assistons, avec recueillement, au saint sacrifice de la messe. Voilà qu'un Dieu s'offre en victime expiatoire pour tous les hommes ensemble et pour chaque homme en particulier; voilà que par ses mérites, il nous rachète de nos péchés et nous rend dignes de la vie éternelle;

voilà qu'après s'être fait homme, il se donne en nourriture à la plus humble créature. Maintenant que je suis sorti de l'enceinte sacrée, l'âme encore pleine des impressions que j'ai reçues de toutes parts, croyez-vous que je vais oublier ces impressions et me livrer aux joies du corps? Croyez-vous que je ne donnerai pas la moitié de mon morceau de pain au mendiant qui viendra me dire : J'ai faim! oh! non, non, pas la moitié, mais le morceau de pain tout entier; car je sais que plus je donnerai, plus je m'approcherai de Jésus qui fera entrer dans mon sein le calme des bienheureux. Dites-moi, dites-moi où est le mystère de la poésie, s'il n'est pas là ?...

Le Créateur a donc enveloppé tous ses ouvrages d'une immense nuit. La Religion a dû, elle aussi, être faite dans les mêmes conditions et peut-être dans des conditions plus parfaitement mystérieuses, parce qu'elle est l'œuvre de Dieu par excellence.

Elle ne serait pas de lui, elle ne serait pas la fille du Ciel, si toutes ses croyances étaient accessibles à nos faibles lumières. Insensés et ignorants sont ceux qui l'attaquent, parce qu'une impénétrable obscurité cache les vérités qu'elle propose à notre espérance !...

L'histoire qui a pour base fondamentale les faits, semble au premier abord ne devoir pas être soumise aux variations de l'incertitude. Elle a pourtant ses événements problématiques. Il est une vie, vie de poétiques souffrances et d'étranges incidents, sur laquelle l'avarice de ses détails est remarquable. Et cependant cette existence a été celle d'un prince, d'un prétendant au trône. Qui n'a entendu parler du masque de fer ? Qui n'a peut-être même feuilleté des volumes entiers, pour connaître cet étonnant personnage auquel on osa enlever une famille, une patrie, jusqu'à un nom ! O masque de fer, la douleur que je ressens en songeant à tes jours passés, est grande comme ton infortune! Ma main essuie involontairement une larme d'amer regret, en transcrivant sur le froid papier les phases de ta malheureuse destinée. Tu parus sur la terre, comme un de ces brillants météores qui n'ont point glacé d'effroi les générations passées. C'est en vain qu'on cherche encore dans les cieux les vestiges de leur passage et de leur subite apparition. On regrette longtemps après que les humains n'aient pu suivre de l'œil leur course rapide. Si, victime d'une sauvage ambition, tu vécus ainsi ignoré, inconnu au monde, c'est parce que le Dieu, qui inspire le génie et le conduit où il veut, changea l'ordre de ses desseins éternels et voulut te ravir à un siècle trop jeune encore pour soutenir l'éclat de ton talent, capable peut-être d'étonner l'univers par de hauts faits militaires ou par des conceptions audacieuses et savantes.

L'homme au masque de fer a beaucoup exercé la sagacité des historiens et des publicistes du règne de Louis XIV et leurs successeurs. La publication des documents secrets des archives de la Bastille, en 1789, n'avait pas résolu le problème historique ; son existence est un fait démontré ; à cet égard on est arrivé à la certitude, mais, quant à son identité personnelle, on était resté dans le vague des conjectures et des probabilités. Les seules pièces authentiques sur le séjour du prisonnier à Pignerol, à la prison d'Exiles, aux îles Marguerite et à la Bastille, sont : 1° le journal de du Junca, lieutenant du roi à la Bastille, écrit en entier de la main de cet officier et publié pour la première fois par le P. Griffet, jésuite, aumônier de cette prison d'Etat ; 2° l'acte de décès de la paroisse Saint-Paul ; 3° le folio 120 du grand registre de la Bastille ; 4° un mémoire autographe de Cinq-Mars, dont l'original est déposé aux archives des affaires étrangères. Ce dernier document n'est connu que depuis peu de temps. On lit dans le journal de du Junca : « Jeudi, 18 septembre 1698, à 3 heures après-midi, M. de Cinq-Mars, gouverneur de la Bastille, est arrivé des îles Sainte-Marguerite et Honorat, ayant emmené avec lui dans sa litière, un ancien prisonnier qu'il avait à Pignerol, dont le nom ne se dit pas, lequel on fait toujours tenir masqué, et qui fut d'abord mis dans la tour de la Bussinière, en attendant la nuit, et que je conduisis ensuite moi-même, sur les 9 heures du soir, dans la troisième chambre de la Bertaudière, laquelle chambre j'avais eu soin de faire meubler de toutes choses avant son arrivée, en ayant reçu l'ordre de M. de Cinq-Mars. En le conduisant dans ladite chambre, j'étais accompagné du sieur Rosarges que M. de Cinq-Mars avait emmené avec lui, et lequel était chargé de servir et de soigner ledit prisonnier, qui était nourri par le Gouvernement. Le lundi 19 novembre 1703, le prisonnier inconnu, toujours masqué d'un masque de velours noir, que M. de Cinq-Mars avait emmené des îles Sainte-Marguerite, et qu'il gardait depuis longtemps, s'étant trouvé hier un peu plus mal en sortant de la messe, est mort sur les dix heures du soir, sans avoir eu une grande maladie. M. Giraud, notre aumônier le confessa hier ; surpris de la mort, il n'a pu recevoir les sacrements et notre aumônier l'a exhorté un moment avant de mourir ; il fut enterré, le mardi 20 novembre, à 4 heures après-midi, dans le cimetière Saint-Paul, notre paroisse ; son enterrement coûta 40 livres. » l'acte d'inhumation est ainsi conçu : L'an 1703, le 19 novembre, Marchiali, âgé de 45 ans, est décédé à la Bastille, duquel le corps a été inhumé dans le cimetière de cette paroisse, le 20 dudit mois, en présence de M. Rosarges, major de la Bastille et de M. Reilh, chirurgien de la Bastille, qui ont signé, etc., collationné à la minute et délivré par nous soussigné, bachelier en théologie et vicaire de Saint-Paul, à Paris, le mardi 9 février 1750. Signé : Poitevin. Le folio 120, du grand registre de la Bastille, correspondant à l'année 1698, époque de l'entrée du prisonnier masqué, avait été soustrait et remplacé par une feuille écrite par le major Chevalier en 1775, et la feuille originale et d'autres pièces avaient été envoyées à M. Amelot, alors ministre. Cette feuille, trouvée en 1789, dans les papiers de l'ancien Gouverneur, et communiquée par M. Duval, secrétaire général de la police, aux auteurs de la Bastille dévoilée, était divisée en colonnes renfermant ceci : Noms et qualités des prisonniers : ancien prisonnier de Pignerol, obligé de porter toujours un masque de velours noir, dont on n'a jamais su le nom ni les qualités. Date de leur entrée :

18 septembre 1698, à 3 heures après-midi. Motif de la détention : On ne l'a jamais su. Une note marginale résume les circonstances énoncées dans le journal de du Junca, et ajoute : Ce prisonnier a resté à la Bastille 5 années et 62 jours, non compris le jour de son enterrement. Nota. Il n'a été malade que quelques jours, mort comme subitement, il a été enseveli dans un linceul de toile neuve, et, généralement, tout ce qui s'est trouvé dans sa chambre, comme son lit tout entier, y compris les matelas, tables, chaises et autres ustensiles, réduit en poudre et en cendres et jeté dans les latrines, le reste a été fondu comme argenterie, cuivre et étain.

Ce prisonnier était logé à la troisième chambre de la tour Bertaudière, laquelle chambre a été regrattée et piquée jusqu'au vif dans la pierre et reblanchie de neuf de bout à fond. Les portes et fenêtres ont été brûlées comme tout le reste. » Toutes ces circonstances avaient été racontées par Saint-Foix, Linguet, Voltaire, par Saint-Sauveur, fils d'un ancien gouverneur de la Bastille, et par d'autres personnes en position d'être bien informées. Les documents sur le séjour du prisonnier à Pignerol, au fort d'Exiles, aux îles Sainte-Marguerite, sont aussi précis, mais n'ont pas le même caractère d'authenticité. L'anecdote du plat d'argent est trop connue pour qu'il soit nécessaire de la reproduire. Le P. Papon, historien de Provence, a recueilli à Pignerol, toutes les anecdotes dont la tradition a conservé le souvenir dans le pays. Celle de la chemise, trouvée par un barbier au bas des fenêtres de la tour, où était le prisonnier, n'est peut-être qu'une variante du plat d'argent ; mais le barbier qui aurait trouvé la chemise, aurait été moins heureux que le pêcheur qui aurait trouvé le plat d'argent. Il aurait été trouvé, deux jours après mort, dans son lit. Voici textuellement les détails donnés par Papon. «Il n'y avait que peu de personnes attachées à son service qui eussent la liberté de lui parler. Un jour que M. de Cinq-Mars (d'autres écrivent M. de Saint-Mars) s'entretenait avec lui, en se tenant hors de la chambre, dans une espèce de corridor, pour voir de loin ceux qui viendraient, le fils d'un de ses amis, arrive et s'avance vers l'endroit où il entend du bruit ; le Gouverneur qui l'aperçoit, ferme aussitôt la porte de la chambre, court précipitamment au devant du jeune homme, et, d'un air troublé, il lui demande s'il a vu, s'il a entendu quelque chose. Dès qu'il se fut assuré du contraire, il le fit repartir le jour même, et il écrivit à son ami, que peu s'en était fallu, que cette aventure n'eût coûté cher à son fils, qu'il le lui renvoyait de peur de quelque autre imprudence. Cette anecdote rappelle celle du pêcheur qui avait trouvé l'assiette d'argent et à qui M. de

Cinq-Mars dit : « Tu es bienheureux de ne savoir pas lire. » La durée du séjour du prisonnier à Pignerol et au fort d'Exiles, n'est pas constatée ; il résulterait seulement d'une lettre du ministre Barbezieux à Cinq-Mars que la garde du prisonnier aurait été confiée à celui-ci dix ans avant qu'il eût été nommé au commandement du château fort. Sa promotion à ce poste est de 1681, et Barbezieux écrivait, le 13 août 1691 : « Votre lettre du 26 du mois m'a été rendue. Lorsque vous aurez quelque chose à me demander du prisonnier qui est sous votre garde depuis 20 ans, je vous prie d'user des mêmes précautions que vous faisiez quand vous écriviez à M. de Louvois. »

Une prison avait été bâtie aux îles Sainte-Marguerite, tout exprès pour garder le masque. Louvois écrivait à Cinq-Mars, Gouverneur de ces îles, en avril 1687 : « Il n'y a point d'inconvénient de changer le chevalier de Thezat, de la prison où il est pour y mettre votre prisonnier, jusqu'à ce que celle que vous lui préparez soit prête. » Thezat était sans doute Lauzun ; rien n'était plus ordinaire que de changer dans les registres et dans les correspondances les noms des prisonniers. Latude avait été enregistré sous le nom de Dauri. On pourrait citer une foule d'autres exemples. L'homme au masque de fer dont il était plus important de cacher l'origine, avait pu être signalé sous le nom de Marchiali. L'acte mortuaire est donc entaché d'un faux patent. Cet acte fixe son âge à 45 ans et il en avait plus de 60. Il résulte de la lettre de Barbezieux à Cinq-Mars, datée de 1691, qu'à cette date, le prisonnier était sous la garde de Cinq-Mars depuis 20 ans. Il avait été amené à la Bastille en 1698. Il y est mort après un séjour de 5 années et 62 jours, d'après le journal du major du Junca ; en tout près de 32 ans de captivité. Il n'aurait donc eu que 13 ans, quand il fut emprisonné à Pignerol. Il n'est plus douteux aujourd'hui qu'il était frère jumeau de Louis XIV, né en 1638.

Les précautions extraordinaires, constamment employées pour dérober la vue du prisonnier à tout le monde, les dépenses, les soins, les respects dont il n'a pas cessé d'être l'objet, ne peuvent s'appliquer qu'à un personnage du rang le plus élevé ; les frais énormes de sa longue captivité, ce secret qui n'eut pour dépositaire que le chef du Gouvernement, son premier ministre et l'officier à la garde duquel il avait été confié ; l'inamovibilité de cet officier dans cette mission importante et délicate pendant plus de 32 ans, et qui n'a cessé qu'à la mort du prisonnier ; cette prison construite tout exprès à l'autre extrémité de la France, sur le bord de la mer, tout concourt à prouver que la moindre indiscrétion, pouvait mettre en péril les plus graves intérêts. Un seul ministre était mis dans la confidence du prince régnant. Tous les ordres, toutes les instructions donnés à l'unique agent chargé de la garde du prisonnier, émanaient directement du roi, étaient directement et exclusivement transmis à cet agent par le ministre. Louvois avait fait exprès un voyage à Pignerol, première prison où l'homme au masque de fer avait été enfermé ; il s'agissait sans doute de mesures très-importantes et qui ne pouvaient être transmises par correspondance. Le prisonnier fut successivement transféré de Pignerol au fort d'Exiles, puis aux îles Sainte-Marguerite et à la Bastille, et le même officier le suit partout et reçoit le commandement de chacun de ces forts. N'est-il pas au moins vraisemblable qu'il s'agissait d'une question de dynastie ? L'histoire moderne offre plusieurs événements de ce genre. On se rappelle la disparition soudaine d'une héritière du trône de Russie, dans le cours du siècle dernier, et on n'a pu recueillir que de vagues conjectures sur le lieu, l'époque et le genre de sa mort.

L'existence d'un prisonnier toujours masqué, était hors de doute. Mais quel était ce personnage ? On l'ignorait. Cette incertitude ouvrait un vaste champ aux conjectures et fit naître une foule de systèmes plus ou moins invraisemblables. C'était le duc de Beaufort, suivant Lagrange-Chancel, qui se trouvait lui-même détenu à Pignerol, lors de la translation de ce prisonnier mystérieux dans une autre prison d'État. C'était le duc de Montmoult, suivant Saint-Foix. C'était suivant d'autres, le secrétaire du duc de Mantoue. Fouquet et l'auteur des *Mémoires secrets pour servir à l'histoire de Perse,* soutiennent que c'était le duc de Vermandois, fils naturel de Louis XIV, et de Mademoiselle de la Vallière. Enfin un anonyme croit que c'était Avédic, patriarche d'Arménie. Anquetil, auteur d'une histoire de France, dit que c'était Fouquet, ministre de Louis XIV, voici comment il s'exprime : « M. Fantin Désodoards, rapporte qu'à la prise de la Bastille, en 1789, il reconnut, entre divers documents, qui eussent pu être utiles à l'histoire et qui devinrent la proie d'une multitude ignorante, des cartes qui contenaient des notes sur quelques prisonniers détenus dans cette forteresse et qui étaient signées par des ministres ou autres agents du pouvoir, et que l'une de ces cartes, portant le numéro 89,000, qu'il ne put obtenir de celui qui venait de la trouver, mais qu'on lui permit seulement de copier, renfermait ces mots : Fouquet, arrivant des îles Sainte-Marguerite, avec un masque de fer. Suivaient trois XXX, et au-dessus : Kersudion. Ainsi s'expliquerait par Fouquet, la longue énigme du masque de fer, sauf les particularités romanesques rapportées par Voltaire, et qu'il n'a pu constater telles que le perpétuel usage du masque et le respect des ministres devant le prisonnier.

Tous ces systèmes ne peuvent soutenir l'épreuve d'un examen sérieux. Le masque de fer aurait était un frère jumeau de Louis XIV. Cette version la plus vraisemblable a prévalu. La découverte récente d'un document précieux et décisif a mis fin à toutes ces investigations plus curieuses qu'édifiantes. On a trouvé aux archives des affaires étrangères, dont la communication est autorisée jusqu'au règne de Louis XIV, inclusivement, une lettre autographe de Cinq-Mars. Il en résulte que l'auteur aurait cru devoir faire cette relation pour le repos de sa conscience et pour rendre compte de la manière dont il s'est acquitté de sa mission.

C'était le bon temps des astrologues. L'un d'eux avait prédit à la reine Anne d'Autriche qu'elle accoucherait de deux enfants jumeaux qui seraient la cause de grands troubles dans le royaume ; elle accoucha d'un premier enfant dont la naissance fut constatée avec toute les formalités, toutes les cérémonies d'usage. Il ne restait plus auprès de cette princesse que les personnes attachées au service intérieur, quand elle éprouva de nouvelles douleurs ; elle donna le jour à un second. Cet enfant, suivant les lois de l'époque, devait être l'aîné et déjà le premier avait été proclamé Dauphin. Les deux frères naissaient ennemis : un astrologue l'avait prédit. Il fut décidé que la naissance du second enfant resterait enveloppée des voiles du mystère. Il fut nourri secrètement et sous un nom emprunté. Il ne sortit de cette retraite que pour être confié à Cinq-Mars qui l'emmena en Bourgogne, l'accompagna ensuite de château fort en château fort, et enfin à la Bastille où l'infortuné mourut en 1703. A 19 ans, il n'avait encore aucun soupçon de sa haute naissance. Les fréquents messages que recevait de la cour son gouverneur, excitèrent sa curiosité. Il profita de l'absence de Cinq-Mars, força la serrure d'un meuble où celui-ci renfermait les mystérieuses dépêches et son sort lui fut révélé. Cinq-Mars survint, lui enjoignit de se taire sur l'important secret qu'il venait de découvrir. Il y allait de sa vie. Il expédia immédiatement un courrier à la cour. La réponse ne se fit pas attendre, et cette réponse fut l'ordre d'accompagner le prince dans une prison d'Etat. Cinq-Mars répète souvent qu'il eut toujours pour son prisonnier les plus grands soins, les égards les plus respectueux. Il atteste la douceur de son caractère et l'impassible résignation avec laquelle il supporta cette longue captivité qui ne finit qu'avec sa vie. La politique au sujet de ce mystérieux prisonnier qui a occupé tant d'écrivains au dernier siècle, n'a plus l'intérêt d'un problème historique. Mais cette aventure présente dans son ensemble et dans ses moindres incidents des détails si étonnants et si variés qu'elle provoquera longtemps encore la curiosité publique et les investigations des bibliophiles.

Les péripéties d'un Voyage ou un Bouquet de senteur offert au Tabac par une main amie.

> Quoi qu'en dise Platon, ou sa docte cabale.
> Le tabac est divin, il n'est rien qui l'égale.

Il est presque toujours dans la destinée de tout ce qui revêt le caractère du bien, soit physique, soit moral, d'être impitoyablement attaqué par le sarcasme des hommes. Or, vous n'ignorez pas de combien d'injures est chaque jour l'objet cette poudre qu'on a osé qualifier de puante et de nauséabonde et que nous ne craindrons pas, nous, d'appeler parfumée et délicieuse : le tabac. Que d'épigrammes lancées contre elle ! Les faillites de notaires, les éclipses d'agents de change, les procès en séparation de corps, et généralement toutes les catastrophes sociales ou privées n'ont jamais tant excité la verve de la médisance. Encore, si ses plus sévères détracteurs, par la plus déplorable des inconséquences, ne se montraient pas les plus ingrats des mortels ? Ce sont eux, en effet, qui, pour entretenir une habitude qu'ils ont rendue immodérée, versent chaque année, les millions à pleines mains, dans le coffre-fort des contributions indirectes. O injustice humaine !

Vous serez assez indulgent et me permettrez de vous raconter ici une petite histoire qui peut donner à ma thèse d'aujourd'hui toute la force d'un solide et rigoureux argument: Je voyageais, il n'y a pas longtemps, dans notre belle Provence. Mon malheureux sort voulut un jour que je fusse placé dans une diligence, côte à côte avec un monsieur, remarquable surtout par la rotondité d'un proéminant abdomen, espèce de bourgeois de gros calibre, revêtu d'une large houppelande suisse, et portant sur son chef, un feutre, genre parapluie, lequel pouvait bien avoir deux mètres de largeur sur autant de hauteur. Jour de ma vie ! que votre saint patron vous préserve toujours des voyageurs aux amples habits et aux monstreux chapeaux. Tout ce que je souffris, en cette terrible journée, les deux mortelles heures ou plutôt les deux sicèles que je passai forcément auprès de mon burlesque frelampier, Dieu seul le sait ! Que de fois en cet instant suprême, je me surpris adressant au ciel de ferventes prières. Mon voisin, car il faut que je mette sous vos yeux tout son portrait, qui n'aura rien de bien beau ni de bien pimpant, pouvait avoir atteint sa 40e année. Sa ridicule élégance avait cependant un petit air de perfection qui n'aurait pas laissé d'être remarqué avec un certain plaisir, si l'on eût pu ne pas rire. Ce chenapan, qu'on me pardonne ce terme que mon cœur a rejeté bien loin depuis, car il est dans mon facile caractère de devenir assez oublieux du mal qu'on m'a fait endurer, était une véritable tour flanquée sur une assiette. Et puis, quelles épaules, celles d'Atlas! A chaque cahottement de la voiture, ce qui veut dire à chaque minute, l'une d'elles frappait si rudement sur mon pauvre bras droit, qu'il me survint à cette partie du corps une cicatrice dont je fus tourmenté huit mois durant, jour par jour, à partir de ma fatale rencontre. La blessure fut si grave que vingt-quatre heures après, trois médecins étaient appelés autour de ma funèbre couche ; d'accord sur le remède qu'ils devaient appliquer comme on l'était jadis à la tour de Babel, ils en vinrent à des voies de fait, à coups de bistouris. Cette fois encore je faillis être la victime, vous me comprenez, d'une légitime et tout innocente colère.

Je reviens à mon sujet. Sous l'immense feutre dont je vous ai parlé était caché un *facies* en coin de rue, une monstruosité, quoi ! Au beau milieu de ce superbe visage, ce que nous appelons chez vous et chez moi la lèvre supérieure, était tout simplement une espèce de soupape parfaitement semblable à la porte d'entrée d'un four. Elle était ombragée, ainsi que les contours d'un gigantesque menton, par une barbe mal peignée et toute résineuse.

Le dernier horizon de ce tableau, tout-à-fait en désaccord avec les règles de l'art ou plutôt celles de la nature, se composait de deux grands yeux équarquillés, qu'on aurait dits dérobés à deux cyclopes, et d'un petit nez à la laponaise. Malgré toute la répugnance que j'éprouvais à le faire, je voulus adresser deux mots au héros de mon récit. Voici en quels termes il me conta le but de son voyage. — Je viens de Londres. L'exposition universelle qui a eu lieu dans cette ville m'y a attiré. Cédant aux conseils de quelques amis dévoués, je me présentai comme objet de curiosité. Deux anglais aussi difformes que moi, s'établirent mes concurrents. Eh bien ! Monsieur, n'eût été mon nez, j'aurais eu la prime destinée aux bipèdes monstres. J'eus beau faire mille contorsions pour me rendre les juges favorables, vains efforts. Un de mes adversaires eut la préférence parce que ses narrines étaient plus en rapport avec le plan de sa figure. La dédaigneuse fortune, cette fois-ci, n'a fait que m'effleurer. J'apporte cependant de mon pélerinage scientifique une satisfaisante consolation, c'est que chez nous on pourra dire désormais avec raison que les Anglais sont plus vilains que les Français. — Bravo ! exclamai - je. — Je n'ai point, continua-t-il, renoncé à poursuivre mon projet. Bien m'a pris de faire usage de tabac, pour que mon nez atteigne bientôt à cette perfection qui me vaudra le titre de baron et fera le bonheur de tous les miens. Que dites-vous de mon original entêtement ? Sur ce, il retira des profondeurs de son gousset une énorme tabatière, noir d'ébène, fabrique d'Angleterre. Elle était si vaste que je la pris d'abord pour la valise de mon curieux voyageur. Elle fit le tour de la société et chacun y plongea avec délices ses baguettes digitales. Bienheureuse prise qui me sauva d'une mort certaine ! Vous avez peine à le croire et pourtant rien n'est plus véridique.

Mon malencontreux bourgeois avait

répandu dans la voiture, depuis quelques instants, une odeur qui aurait pourchassé le diable, s'il eût été là. Mon Dieu ! j'en ai encore des spasmes, à l'heure qu'il est. Elle était si horriblement méphitique !

Cette parfumerie d'un genre nouveau avait pour base de son embaumée distillation toutes les graisses et autres saletés dont il avait enduit sa chevelure et sa barbe , tant était démesuré chez ce Français, l'amour d'une prime Anglaise. Mille bombes ! Je n'y tenais plus, j'étais suffoqué. L'exhalaison pestilentielle dont nous n'avions pas même soupçonné les funestes effets, avait produit tout-à-coup sur une vieille dame qui était à ma gauche, celui d'un agent magnétique. Elle ronflait si fort depuis quelques secondes que les chevaux étaient remplis de la plus désespérante frayeur. Le postillon, non moins contrarié que nous, demandait à tous les cantonniers qu'il rencontrait sur le chemin, s'ils ne subissaient pas l'influence délétère des miasmes dont il croyait que l'air était surchargé. Sur leur réponse négative, il fouettait ses coursiers comme un enragé, et sautillait sur son siége comme un fou furieux. Le quart d'heure d'après, nous quittions la diligence ; on en sortait deux demi-cadavres, celui de la dame et celui d'un jeune homme. Pour moi, faisant un suprême effort, je parvins, non sans grande peine, à mon hôtel. Je me jettai sur un lit, réduit à l'état le plus piteux, maudissant bien fort les Anglais et leur exposition, et bénissant tout bas la prise de tabac, qui avait si évidemment conservé mes jours.

N'ai-je donc pas raison et trois fois raison de prôner aujourd'hui à haute et intelligible voix, les vertus de la bienfaisante poussière, elle qui rend un Français souverainement heureux et qui m'a fait tant de bien ?

Depuis ma tragique aventure, j'ai logé

dans une des larges poches de mon habit, une tabatière, véritable bureau de débit. Je le jure ici solennellement, ce précieux talisman m'accompagnera jusqu'à la tombe.

Molière, qu'il me soit permis d'invoquer ton témoignage ! Plus sage que les enfants du jour, tu as fait du tabac l'éloge le plus vrai, le plus pompeux, le plus solennel. Ces paroles qu'un pieux enthousiasme te dicta : quiconque n'a pas de tabac, ne mérite pas de vivre, passeront à la postérité la plus reculée et apprendront encore à nos arrière-neveux, que ton siècle fut un siècle de bon goût.

Le Missionnaire au Désert.

La nuit était arrivée, et, sans guide, j'errais encore dans le désert. L'arbre de la forêt n'apportait plus à mon oreille le bruissement de ses noirâtres feuilles, et les habitants des bois semblaient pour toujours les avoir délaissés. A la lueur blafarde et incertaine de la lune, répandant sa clarté à travers l'espace naturel et vide des branches altières, j'essuyais mon front couvert de poussière et ruisselant de sueur. Si quelqu'un, au sein de ce calme, eût soupiré, je l'aurais entendu. La morne sérénité qui régnait au milieu de cette nature m'eût permis de distinguer parfaitement les accents joyeux ou mélancoliques d'un pèlerin comme moi. Pas de trace humaine dans ces parages. Rien n'y marquait l'œuvre de la main de l'homme, car l'arbre séculaire était affreusement chenu, et nul n'avait encore déparé les sombres contours de son front dominateur. Que faire dans le désert, isolé, sans secours ?... Le souvenir de la patrie venait m'oppresser péniblement et envelopper mon cœur d'amers regrets... Le désespoir ! mais c'est le pire des maux ! Berçons-nous sur les ailes de l'espérance, m'écriai-je, et adressons-nous au protecteur du voyageur errant et fatigué... Il y a toujours des vents brûlants qui passent sur l'âme et la dessèchent. La prière est la rosée qui la rafraîchit... Je priai donc.

Seigneur, écoutez-vous ma voix ? hélas ! je suis coupable, et bien des fois déjà l'iniquité a souillé ma blonde chevelure ; pardon, mon Dieu.

Comme le ruisseau qui déborde et emporte, écumant, la digue qui le retient, j'ai violé, tout jeune que je suis, les décrets immuables de votre loi sainte ; pardon, mon Dieu.

Et l'orage que vous avez lancé dans l'espace pour punir l'impie m'a épargné, et je n'ai point voulu reconnaître votre main dans cet éclat de votre juste courroux, et j'ai continué à me livrer au crime ; pardon, mon Dieu.

Et il m'a semblé entrevoir que ma vie s'écoulait comme le vent et que mes jours passaient comme la fumée, et j'ai voulu suivre, aveuglé par de trompeuses apparences, la voie que m'indiquaient mes folles passions ; pardon, mon Dieu.

Et, ainsi que la tourterelle qui devient la victime du vautour, j'étais devenu la proie d'un monde corrompu et j'avais respiré son impure atmosphère ; pardon, mon Dieu.

Vous avez appesanti sur moi votre bras paternel ; mais vous êtes mon unique espoir, la seule planche de salut qui me soit laissée ; tendez-moi une main propice, car le repentir est entré en mon cœur.

Et, sur le gazon solitaire, à une faible distance de l'endroit où j'avais exhalé ma pieuse plainte, j'aperçus comme un point noir. Je m'approchai... Et le corps d'un homme étendu par terre se dessina soudain à mes regards... Etait-ce le sommeil ou la mort qui planait sur cette créature, sans doute comme moi abandonnée ? Oh ! la mort ! non, car les traits de sa figure que je pus parfaitement reconnaître avaient quelque chose d'angélique qui ne trahissait pas même la fatigue du jour. L'homme de Dieu, c'était un prêtre, n'avait pour tout appui qu'une touffe d'herbes. Il était plus riche que son maître qui n'avait pas, lui, une pierre pour reposer sa tête. Et ses beaux cheveux étaient doucement caressés par la brise embeaumée du soir, puis le doux sourire qui effleurait ses lèvres, me disait que ce prêtre s'était endormi, en faisant l'œuvre de Dieu. Oh ! qu'il est beau l'apôtre succombant au travail sur la lointaine plage ! Qu'il est beau l'ange tutélaire des malheureuses contrées, encore assises à l'ombre de la mort, le missionnaire de la vérité les éclairant et leur montrant le ciel ! Voilà un de ses envoyés, me disais-je en moi-même, en contemplant l'humble et jeune ouvrier du Christ, et peut-être ma prière m'a-t-elle obtenu sa rencontre sur ce sol inconnu. Il me sera donc permis de vivre ou du moins de mourir content, puisque j'ai trouvé sur ma voie un prêtre, alors que je ne devais m'attendre qu'à la férocité du chacal, à la solitude partout, et voir enfin apparaître la fin amère de mon existence. Au moment où j'étais incliné dans ces pensées, le missionnaire fit un mouvement. Il m'aperçut et se leva tout-à-coup. Jeune homme, me dit-il, en me prenant les mains, ne craignez rien. Tandis que je dormais, j'ai eu un songe où vous m'apparaissiez et Dieu me disait : Je te confie cet homme au repentir sincère et dont les soupirs sont montés jusqu'à mon trône. Ramène-le comme la brebis qui revient au bercail ; conduis-le au milieu de ta peuplade ; il sera ton aide, et, comme toi, l'artisan des bonnes œuvres. — Mon frère, continua le missionnaire, Dieu vous appelle à une belle et sublime destinée. Il vous a fait passer par des épreuves sans doute bien pénibles ; il voulait vous ramener à lui.

Bénissez avec moi ses desseins si profonds et d'une si haute sagesse. Notre tombe peut-être n'offrira pas même une croix au voyageur qui en foulera la poussière, mais qu'importe l'obscurité à qui ne cherche pas la gloire d'ici-bas ! Et sa main s'étendit vers le firmament... Elle m'indiqua le ciel...

Je tombai à terre, et des sanglots roulèrent dans mes paupières. Larmes fortunées ! elles ruisselaient sur ma poitrine et la faisaient palpiter de bonheur. Dieu m'appelait à lui. Je lui obéis. A mon tour missionnaire, j'irai bientôt planter le signe du salut et de l'espérance, sur des rivages éloignés ; j'irai, comme l'apôtre des nations infidèles, ramener dans la bergerie du Seigneur des âmes errantes.

Les malles.

La malle est, sans contredit, de nos jours, le compagnon le plus fidèle et le plus intime de l'homme. Quel a été son rôle jadis ? Nous le dirons plus tard. Elle est aujourd'hui ce qu'Oreste était à Pylade, c'est-à-dire, ce qu'il a au monde de plus cher. Laissez-moi visiter les malles de quelques personnages à moi connus, et ma curiosité sera satisfaite pour longtemps. Là je trouverai un affreux pêle-mêle de confidences et de secrets ; là je trouverai la route du cœur, car là, est renfermé ce qu'il a dicté à une plume de plus frais et de plus enjolivé. Les plus doux souvenirs sont ensevelis dans ces quatre planches façonnées par la main de l'ouvrier et, pour ma part, je n'ai jamais visité les miennes sans éprouver d'agréables et vives émotions. N'est-ce pas, philosophe, que, si tu devenais en France l'héritier de quelques centaines de malles, tu ferais une ample et riche moisson de sentences et de savantes maximes adressées à bout portant au genre humain ? Et toi, romancier, quel vaste sujet de quelques gros volumes in-8°, n'aurais-tu pas trouvé ? Quelle fortune immense aussi pour l'homme de lettres ! Musiciens, archéologues, poètes, savants, érudits, professeurs et étudiants, guerre aux malles ! En avant votre grosse cavalerie ! Tremblez Castillans et Maures !!....

L'art de faire parler les tables appliqué aux malles, serait le plus grand progrès scientifique imaginable et une source d'inouïes distractions pour tous les curieux du globe. Honneur et reconnaissance à Mesner !... Honneur et gloire à celui dont le génie inventeur sera parvenu à faire redire d'un pôle à l'autre les intimités des mortels !!...

Jeune homme, confiez-moi, s'il vous plaît, la clef de votre malle. — Refus obstiné, sous prétexte que les secrets doivent être des secrets.

L'homme mûr, — je vous adresse également la même demande. — Même entêtement et semblable réponse.

Homme décrépit, — je vous interroge à votre tour. — Obstination complète et refus désolant.

Un beau matin, par la puissance de mon

imagination, je pénètre dans la malle de mon jeune téméraire, en intelligent papillon, et j'en emporte une lettre ; je m'enfonce dans celle de l'homme mûr, mais je ne prends qu'une missive; excursion dans la propriété du vieillard, même résultat.

J'ouvre le premier objet volé et j'y lis ces mots : « M. Durandol à son fils, étudiant au collége de... Pardon, il y a ici un morceau de papier, lequel est déchiré, ce qui fait que je ne puis rapporter le nom de l'établissement.

Mon cher fils, on m'a dit que tu travailles ignominieusement. Comme je ne puis moi-même te porter les coups de bâton que tu mérites, mon domestique part pour t'en remettre une demi-douzaine, qui éveilleront chez toi les facultés intellectuelles.

Ton père tout dévoué. »

Quel dévouement !

Deuxième lettre et son contenu : M. Rimbail à Mme Chopard.

« Madame, vous recevrez ce matin par un huissier la sommation de payer incontinent les 2,000 francs que vous me devez. Le billet que je tiens de vous a son échéance le 20 du mois prochain.

Votre affectionné serviteur. »

Quelle affection !!

Troisième lettre et son contenu : M. Madrigol à son neveu.

« Mon cher neveu, j'ai appris que tu as perdu au jeu une somme considérable. Je ne veux point confier ma brillante fortune aux caprices d'un vil dissipateur. A partir de ce jour, ne compte plus sur moi ; je te déshérite.

Ton oncle qui t'aime. »

Quelle amitié !!!

Lecteur, si la littérature est l'expression de la société, celle-ci n'est-elle pas bien dégradée ?

L'Aumônier du Régiment.

On a applaudi unanimement à l'heureuse inspiration du Chef de l'Etat, lorsqu'il a rétabli les aumôniers dans les armées qui se mettent en campagne. C'est là, pour elles, à ne pas s'y méprendre, un grand acte d'intérêt réel, d'attachement, de sympathie profonde de la part de l'Empereur des Français. L'homme ne vit pas seulement de pain : les intelligences d'élite savent le comprendre. Le soldat accomplit aussi mieux sa tâche lorsque la religion lui en montre toute l'étendue. Ne faut-il pas qu'une voix amie vienne lui dire ce que disait un grand saint à des soldats accourus pour le consulter : Respectez les propriétés et contentez-vous de votre salaire. Et lorsqu'on a abandonné une patrie, le foyer domestique pour aller combattre l'ennemi, n'est-on pas heureux de rencontrer tout près de soi un prêtre qui comprenne vos perplexités, qui remplace ce que vous avez laissé de plus cher, et auquel vous puissiez donner toute votre confiance ? Et le prêtre, lui aussi, s'est séparé de toute affection terrestre, il a dit un éternel adieu à toutes les jouissances d'ici-bas... Médiateur entre le ciel et la terre, désormais, il sera là pour vous consoler.

« Qu'il est puissant lorsque, d'un signe de sa main, il fait descendre dans l'âme du pêcheur, Dieu et ses anges !

Qu'il est fort, quand il étouffe, dans le cœur du coupable, le péché et ses remords déchirants, et ses amertumes cuisantes, pour y faire refleurir l'innocence avec ses doux repos et ses chastes quiétudes !

Qu'il est bon, lorsqu'il bénit le pécheur parce qu'il a péché ! quand le pécheur lui dit : Mon père, et qu'il lui répond : Mon fils.

Cet homme, on le trouve près du lit des mourants, dans les hôpitaux et les prisons, partout où il faut du dévoûment et des sacrifices. Cet homme, voyez-le dans les temps de calamités, approcher son oreille de la bouche du pestiféré, pour recevoir sa dernière plainte, au risque de recevoir aussi son mal. »

Prêtre de Dieu, tu es bien l'ami du défenseur de la patrie, quand tu lui offres, avec un céleste bonheur, les consolations de la foi, quand tu peuples son cœur de saints désirs et de belles espérances, et que tu éveilles dans son esprit de consolantes pensées et de pieuses joies.

Tu es bien l'ami du défenseur de la patrie, lorsque tu recueilles son dernier soupir, lorsque ta main se lève pour l'absoudre et et le bénir, et que ta voix lui crie : Courage, montez vers les régions éternelles, vous qui avez gagné la couronne d'immortalité.

Le soleil le plus radieux éclairait un des plus beaux jours de septembre. Le ciel pur et sans nuages, étalait son brillant manteau d'azur, au milieu d'une atmosphère calme, douce et reposée. Les tambours au camp accompagnaient la musique militaire, dont les joyeuses fanfares étaient redites par les mille échos des monts. Une double haie de soldats étaient là, sous les armes, attendant l'arrivée d'un personnage. Et la joie semblait s'épanouir, radieuse comme la nature, sur tous les visages. Soudain, de sa tente, sort l'aumônier du régiment. On joue un air de triomphe et de gloire. Sur un ordre donné, le silence se fait, et un chef supérieur adresse ces paroles aux héros d'une journée si belle :

« Ministre de Dieu, la noble et généreuse conduite que vous avez tenue dans bien des circonstances délicates, vous assure l'estime, l'admiration et le respect de tous les honnêtes gens. Digne représentant d'un Dieu de paix, d'une religion qui ne prêche que le sacrifice, vous avez conjuré plus d'un orage et rendu d'éminents services au pays, par la sagesse de votre conduite. Gloire et honneur au mérite modeste et caché qui fait le bien par amour pour le bien ! Votre modestie vous déroberait en vain à la gloire d'un triomphe si noblement acquis. Vous avez mis au grand jour les ressources d'un dévoûment au-dessus de tout éloge. Votre plus belle récompense est assurément dans le témoignage de votre conscience, et dans l'amour de mes soldats. Le ministre à qui j'ai fait part de votre admirable conduite, m'a chargé de vous offrir de la part du gouvernement un témoignage de satisfaction. C'est la croix de la Légion-d'Honneur, dont voici le brevet et les insignes. » Et le général s'approchait de l'aumônier et lui donnait l'accolade. C'était un ravissant spectable que celui-là !

Non moins sublime est celui que présente le sacrifice de nos autels offert au camp. Un de nos peintres, Horace Vernet, si je ne me trompe, l'a reproduit sur la toile, et l'on a pu remarquer à l'exposition de de la Capitale, combien est majestueuse la mise en scène du Dieu descendant parmi les mortels sur la plage étrangère. C'est au moment de l'élévation. Le camp n'offre plus à l'œil qu'une masse d'hommes prosternés et recueillis. Le silence solennel qui a lieu à cette heure, a quelque chose de magique et je ne sais quoi de divin. Le témoin oculaire d'un semblable tableau doit-être sous le charme d'un féerique moment. C'est que rien n'est grandiose comme tout ce qu'inspire la religion, cette fille du ciel ; rien n'est beau comme le Dieu des armées visitant les défenseurs de la patrie !

Aumônier du régiment, poursuis, sans te fatiguer, ta noble carrière.

Alors, qu'il pleut, le ciel est sombre et la nature semble recueillie et solitaire. Mais, voyez, lorsque le jour pluvieux et sombre a disparu, comme alors le ciel est bleu, comme l'atmosphère est plus pure ! alors un peu de verdure recouvre le gazon qu'avaient flétri les feux du jour...

Alors la fleur fanée se relève, comme si elle venait de renaître à la vie ; l'oiseau chante sous la feuillée ; tout s'épanouit dans un sourire de paix et de bonheur.

De même, que de douces joies ne répands-tu point dans les âmes, que de vie et de fraîcheur n'y fais-tu point pleuvoir, que de saintes réconciliations n'opères-tu pas !

Apôtre du Seigneur, si le monde te méconnaît, le ciel t'observe, le ciel te bénit, et, pour une vie passée dans l'habitude de l'héroïsme, fût-il ignoré, pour un dévoûment de tous les jours, de toutes les heures, pour les couronnes d'épines dont le Dieu du Calvaire a semé sous tes pas, et pour la lourde croix qu'il a plantée sur ton chemin, oh ! soit plein de courage, car Dieu, pour cela te prépare aux cieux une couronne égale à celle des martyrs.

Une Légende.

Syphire était un jeune pâtre des Alpes. Depuis longtemps son chien partageait seul son solitaire et rustique séjour. Comme le héros de Virgile, il aimait à promener nonchalamment ses doigts sur un flageolet, ouvrage de ses mains, et son plus beau monument d'artiste. Tout chez lui, dans son port, dans ses manières, respirait une simplicité naturelle et aisée. Les accords de son instrument enthousiasmaient les bergers de la contrée qui, tous les jours, venaient en foule auprès de lui s'égayer et s'ébattre à ces sons mélodieusement inimitables qu'ils auraient préférés à ceux d'une harpe éolienne ou d'un Piccini. Nouvel Orphée, il les captivait tous, car ses airs étaient tour-à-tour et suivant les inspirations capricieuses du moment, d'une gaieté désespérante ou d'une tristesse à fendre l'âme.

Un jour, les bergers qui formaient l'auditoire ordinaire de Syphire l'avaient vu rêveur et profondément méditatif. Inutilement, ils voulaient s'expliquer l'état de mélancolie qui avait jeté une teinte si sombre sur son caractère; inutilement avaient-ils voulu faire redire à son chalumeau des chants moins tristes, moins amèrement élégiaques. Agité soudain dans tous ses membres, Syphire était allé un instant cacher les violentes émotions qu'il ressentait et dont il ne pouvait deviner la cause, dans un endroit écarté, et avait laissé là son troupeau. Le soir de cette même journée, assis sur le seuil de sa chaumine, il contemplait l'azur du ciel bleu, ses milliers d'étoiles, et les quelques nuages qui décrivaient de longues courbes à l'horizon. Comme à l'ordinaire, il se disposait à prier avant de se livrer aux douceurs d'un sommeil que ses paupières ne réclamaient point, mais qu'il désirait, lui, dans l'espoir de voir arriver bien vite un terme à ses sinistres pressentiments. Tout-à-coup, dans le lointain, il entend des cris, puis comme le mouvement lourd d'une troupe qui s'avance, armes et bagages. Le jeune pâtre s'est levé, armé de son plus noueux bâton, en prêtant une oreille attentive au bruit insolite qui roule dans la vallée en notes saccadées et lugubres.

Quels sont donc les audacieux qui viennent ainsi troubler le repos de Syphire ? Comme le roi-prophète il a du courage, un cœur, et il court, nouveau David, vers un autre Goliath. L'émeute avec des clairons sauvages, des canons retentissants, des fusillades lointaines, des cris de mourants, des bruits sourds de trains d'artillerie, des chevaux au galop, ne produit point en lui un terrifiant effroi. Vingt cavaliers aux habits chamarrés d'or et remarquables par leur élégante tournure, qu'il a distingués, à la lueur de quelques torches enflammées qu'ils agitent, l'appellent à eux, et lui présentent amicalement une coupe remplie d'un vin pur et généreux. On le prie de se mêler à l'orgie dont il est témoin. Syphire accepte et prend la coupe enchanterese. Au moment même où il va la porter à ses lèvres, ravi de la beauté et de la riche ciselure de l'objet qu'il tient en ses mains, il pousse ce cri d'étonnement usité dans nos contrées : Jésus ! Maria !.. O prodige ! Tout avait disparu soudain. Syphire entra dans sa cabane en faisant un signe de croix.

Le lendemain, il revenait au bourg voisin, et racontait les incidents de cette scène mystérieuse. Tout le village l'écouta avec attendrissement. On supplia la Vierge d'éloigner les génies mauvais. Syphire, ainsi miraculeusement préservé, se retira dans un monastère, et voua ses jours au service de Dieu.

Lecteur, ces hommes de nuit apparaissant au jeune pâtre des Alpes, sont les attraits et le breuvage empoisonné du monde. Jadis, j'ai voulu en insensé m'en repaître ; je n'y trouvais qu'un insupportable dégoût. Pour vous, fuyez-les, fuyez-les !

Le Mois de Marie.

Partout la nature, en ce beau mois, offre un spectacle qui m'enchante. Ici, dans la prairie, aux brises embaumées du soir, la fleur de la campagne balance ses urnes d'argent ; plus loin, le frais lilas répand dans l'air de doux parfums ; la rose me montre ses riches couleurs ; puis, c'est le lis avec ses coupes d'albâtre et d'or, au sein desquelles le soleil semble avoir déversé toute son opulence ; c'est le sylphe qui aime à rêver sur sa tige hautaine.

Déjà l'arbre de la forêt, au sonore feuillage, a revêtu sa tête majestueuse d'une brillante verdure. Je prête l'oreille pour écouter les accents de l'alouette qui chante, dès le matin, sa prière. Sentinelle vigilante, elle m'annonce l'arrivée du jour. Ses capricieuses notes, répétées par les échos, remplissent mon âme d'une mélancolique joie, m'invitent à faire monter vers les cieux, de chastes pensées, de saints désirs. A mes côtés bourdonne l'abeille laborieuse, cueillant sur le calice de chaque fleur, un peu de miel, dont la cire servira à l'illumination de nos temples. Mes regards se portent-ils vers les hautes cimes, là, encore, le tableau est magnifique, la neige qui tantôt, semblable à un funèbre linceul, les couvrait, a disparu, emportée par les tièdes exhalaisons des vents chauds ; à sa place a surgi un gazon verdoyant, sur lequel mes yeux se reposent avec délices. Plus bas, du fond des vallées, un murmure continuel arrive jusqu'à moi : c'est le bruit des cascades qui précipitent leurs eaux cotonneuses pour les distribuer aux prairies de la plaine qu'elles vont enrichir.

Comme l'aspect de tant de merveilles fait du bien à mon cœur ! Mais le mois de Mai a pour moi des charmes bien autrement délicieux, depuis que je sais qu'il est consacré à ma Mère du ciel. C'est pour vous, ô Marie, que le Seigneur a semé sous nos pas, avec profusion, tant de beautés. Pour vous, la nature se réveille chaque année et redit en votre honneur un harmonieux cantique. Toutes les créatures viennent à l'envi vous saluer comme la grande souveraine de la terre, et nous, qui sommes l'ouvrage le plus parfait des mains de votre fils, oserions-nous bien rester étrangers à ce concert de louanges qui monte vers votre trône ? Ah ! que notre langue s'attache à notre palais, que nous nous oubliions nous-mêmes, si jamais nous devons vous oublier. Vierge chérie, nous voulons, durant ce mois qui vous appartient, vous honorer, vous aimer davantage, chanter vos louanges. Chaque soir, nous irons avec bonheur dans nos églises vous présenter les pieux sentiments de nos âmes. Nous les purifierons par le repentir de nos fautes, par de saintes communions. Nos âmes sont les guirlandes fleuries que vous acceptez avec le plus d'empressement, les boutons d'or qui embellissent le mieux vos sanctuaires. Nous méditerons vos sublimes vertus et nous nous efforcerons de les imiter. Les fleurs de nos campagnes, si simples et en même temps si gracieusement parées, nous rappelleront que vous êtes la fleur de la tige de Jessé qui a donné le jour au soleil de justice. Les habitants des airs sembleront nous inviter à unir nos prières à leurs suaves mélodies. Les ruisseaux qui circulent au sein de nos vallées fécondes, nous apprendront que vous êtes le canal par lequel nous parviennent les grâces du ciel ; daignez les dispenser sans mesure à vos enfants dévoués, qui viendront les implorer pendant ce mois chéri. Nous savons, ô Vierge tout aimable, que vous entendez le cri de nos misères les plus cachées, que vous portez au pied de votre fils, sur l'autel des parfums, l'offrande de nos pleurs, et, afin de rendre l'holocauste plus efficace, vous y mêlez quelques unes de vos larmes divines. (Chateaubriand). Tournez vers nous vos divins regards, qui toujours sont émus de clémence pour ceux qui vous prient du fond de leur triste exil. (Silvio Pellico). Consolez, pendant ce mois de bénédiction, le cœur si attristé du Père commun des fidèles ; protégez aussi notre beau pays et bénissez-le, afin que sa foi augmente ainsi que son dévouement pour vous. Ma bonne Mère, je vous en supplie encore, ne dédaignez pas d'être pour moi l'étoile dont les rayons bienfaisants dirigent mes pas. Je suis le pélerin que la longueur de la route a déjà fatigué, mais, si votre main me guide, j'arriverai heureusement au terme du voyage.

Veillez sur moi, tendre colombe,
Protectrice de l'arbrisseau,
Votre aile a cherché mon berceau,
Et s'arrêtera sur ma tombe.
Veillez sur moi, qu'entoure un précoce linceul,
Sur moi que le présent, l'avenir décourage,
Et qui n'ai plus d'espoir, qu'au pied de votre image,
Quand je souffre et que je suis seul.

(Un poète contemporain).

Les Héros Franco-Belges.

Le combat de Castelfidardo, suivi de la reddition d'Ancône, a été une lutte éminemment glorieuse pour ces jeunes catholiques, qui avaient offert avec un dévouement au-dessus de tout éloge, leurs services au Souverain-Pontife. Plusieurs d'entre eux portant un nom illustre, jouissant dans le monde, d'une position brillante, avaient renoncé à tout, afin de partager les périls de l'Eglise. L'abnégation la plus admirable portée jusqu'au sacrifice de la vie, constituait le caractère dominant de tous ces braves, et nul n'a faibli en face de la mort.

Le héros n'est pas toujours celui qui, sur un champ de bataille, triomphe de ses adversaires avec des forces considérables, mais bien celui qui ne pouvant opposer qu'une poignée d'hommes à une armée nombreuse et aguerrie, soutient énergiquement ses attaques. On voit alors le spectacle de la faiblesse aux prises avec la force ; la première nous intéresse toujours, l'autre nous inspire le plus souvent du dédain et de la répugnance.

Ce qui fait encore le héros, c'est la grandeur de la cause qu'il défend. Or, quoi qu'on en ait dit, aux yeux de tout homme que les passions d'un parti n'ont point égaré, celle pour laquelle les soldats de Pie IX ont combattu, est incontestablement du nombre des causes justes, glorieuses, disons le mot, saintes.

On a osé avancer que les Croisades ne sont plus de notre âge : c'est une erreur. Des Croisés viennent de mourir.

Un sentiment profond de douloureuse sympathie et d'admiration a pénétré nos cœurs, lorsque nous avons lu les détails du combat de Castelfidardo. L'élite de la jeunesse française a été en partie moissonnée ; elle a noblement succombé au champ d'honneur ; ne nous effrayons pas pourtant d'un résultat aussi regrettable. Le sang répandu sera cette fois encore, suivant l'expression de Tertulien, une semence féconde pour le Christianisme.

Mais dira-t-on, tout est fini, puisque l'armée du Pape a été vaincue... *Vœ victis*... Attendons. Le scellement du tombeau est bientôt suivi de la résurrection. La divinité veille, sentinelle protectrice, sur la chaire de Pierre. C'est lorsque toute espérance semble perdue, que Dieu se plaît à confondre les prévisions humaines, et qu'il opère des miracles. De nouveaux martyrs sont entrés dans l'éternité bienheureuse. Leurs prières s'élèveront, comme un encens d'agréable odeur, jusqu'au trône de Jésus-Christ et, grâce à ces supplications puissantes, la barque du vieillard vénérable qui siége au Vatican, portée sur les eaux, ainsi qu'autrefois celle d'un patriarche, ne tardera pas à retrouver au port, le calme que les Catholiques désirent si ardemment pour elle.

L'histoire a conservé le nom d'un colonel qui, par les ordres du général Kléber, se fit bravement tuer, lui et ses trois cents soldats, et sauva de la sorte, l'armée française d'une perte certaine. L'histoire désormais, pourra consigner sur la même page de ses annales, la mort glorieuse de Pimodan et de ses compagnons d'armes, le dévouement du général de Lamoricière, les uns sacrifiant leur vie comme les missionnaires-martyrs, pour Dieu et son Eglise, et l'autre, encore couvert des lauriers de Constantine, regrettant de ne pouvoir succomber.

Ce qui nous émeut souverainement, dit le Souverain-Pontife, dans une de ses allocutions, est le deuil qui surabonde dans les familles des victimes. Plût à Dieu qu'il nous fût possible de sécher leurs pleurs par nos paroles!...

Associons-nous à ces sentiments de notre Père, dont l'âme est si péniblement affectée par l'aspect du sang versé, par le souvenir que les familles éplorées de ces héros chrétiens, versent des larmes amères. Consolons-les, s'il est possible, en leur faisant parvenir l'expression de toute la sympathie, qu'a fait naître en nous le courage sublime de leurs enfants.

En mourant pour la défense du Saint-Siége, Pimodan et ses nobles volontaires, ont laissé à la postérité l'exemple du plus rare comme du plus pur héroïsme. Le souvenir de leur fin glorieuse sera pour nous une rosée céleste qui rafraîchira nos âmes, à cette époque où tant de défections morales viennent les attrister.

S'il nous était donné de pouvoir inscrire quelques mots sur leurs tombes, nous tracerions volontiers sur chacune d'elles, cette épitaphe antique :

« *Sta, viator ; heroem calcas* ».

Voyageur, arrête-toi, car tu foules la poussière d'un héros.

Un Pélerinage.

Le 28 du mois de mai 1860, on célébrait la fête de Notre-Dame de la Fleur. Ce pieux sanctuaire auprès duquel les eaux du Verdon viennent se heurter, n'offre le spectacle d'une réunion de pélerins qu'une fois dans l'année, le lendemain de la Pentecôte. Chaque jour pourtant, les voyageurs qui arrivent dans nos vallées, obligés qu'ils sont, de passer devant la porte d'entrée du religieux monument, saluent la Sainte-Vierge, ou jettent parfois dans l'intérieur une pièce de monnaie, comme un témoignage de leur affection pour la reine du Ciel.

Les paroisses environnantes étaient venues, suivant l'habitude, cette année encore, porter leurs hommages aux pieds de la vénérée statue de Notre-Dame de la Fleur. Plusieurs prêtres ont, pendant la matinée, entendu les confessions ; de nombreux fidèles ont pris part au banquet eucharistique. Comme le cœur palpite de joie, en voyant ces fervents chrétiens si jaloux d'implorer les grâces divines, dans les lieux que Marie veut bien habiter ! J'étais moi-même mêlé à cette dévote foule : L'air qui nous environnait, émanait du ciel. Un instant passé ici, aurions-nous pu dire avec le Prophète, vaut mieux que mille ans sous les tentes des pécheurs.

L'heure de la grand'messe arrivée, les chants sacrés ont retenti dans le lieu saint, majestueux, solennels, répétés par un chœur nombreux et choisi. Après l'Evangile, une allocution sur les faveurs que la Sainte-Vierge accorde à ceux qui la prient et qui l'imitent, a été adressée aux fidèles qui se pressaient dans son temple. La parole sacrée ne pénétrait ici que des âmes qui étaient déjà sous l'influence heureuse des grâces célestes ; aussi était-elle écoutée avec le recueillement le plus parfait et le plus édifiant.

J'ai à cœur de signaler, dans mon court récit, un incident qui m'a fort touché, tout minime qu'il paraît être. J'ai rencontré dans l'ermitage contigu à la chapelle, un malade enveloppé dans les plis de son manteau, et portant sur ses traits les traces de longues souffrances. Il était venu demander à Notre-Dame, le rétablissement d'une santé depuis longtemps compromise, et avait fait la communion dans son sanctuaire. Ce matin, me disait-il, en partant de chez moi, j'ai craint un instant de ne pouvoir arriver, mais, seuls, les premiers pas m'ont coûté quelque peine ; une force invisible, mystérieuse, toute céleste, m'a aidé, et j'ai accompli mon voyage sans fatigue, avec une facilité, que je ne prévoyais pas d'abord, et dont je me fais un plaisir d'attribuer la cause à celle qu'on n'invoque jamais en vain et qui s'appelle, à juste titre, le salut des infirmes. Ces paroles empreintes d'une foi vive, ont rempli mon âme des plus douces émotions : *Lœtatus sum in his quæ dicta sunt mihi*. Je conserverai dans mon souvenir ce trait de la bonté maternelle et de la puissance miséricordieuse de la Sainte-Vierge.

O Notre-Dame de la Fleur, vous savez

combien il m'a été agréable d'associer mes prières à celles des fidèles qui vous ont invoquée dans votre chapelle.

Bénissez-nous toujours du haut du ciel !

Je voudrais pouvoir, chaque semaine, vous visiter dans le pieux édifice que vous vous êtes choisi sur les bords du Verdon, prendre bien souvent, pour aller vous y prier, mon bâton de pélerin.

Recevez, ô ma Reine, ces quelques lignes écrites spécialement pour vous, et daignez agréer ces accents de mon cœur, qui désire vous aimer toujours davantage.

Vers adressés à S. M. l'Impératrice des Français

—

En France, sur le trône, — exemple salutaire ! —
Une femme devient notre ange tutélaire.
Guide des malheureux, mère de l'orphelin.
Elle adoucit le fiel dont le calice est plein.
Nous connaissons tes vœux, ô femme magnanime !
Imiter Jésus-Christ est ton désir sublime
Et le ciel le seul bien que ton grand cœur estime

Chants en l'honneur de la Sainte-Vierge.

—

A MARIE.

Tu es plus brillante que les pierres précieuses (S. Fortunat).

Au ciel tu brilles
Et tu scintilles

Comme un diamant ;
Telle l'étoile
Que rien ne voile
Au firmament.

Tu es l'étoile de la mer, le port des naufragés (S. Bonaventure.)

Oh! la nacelle
Sans toi chancelle
Sur l'Océan ;
Elle t'invoque...
Soudain se moque
De l'ouragan.

Tu es plus belle que la lune, parce que tu es entièrement belle et qu'en toi il n'y a point de tache. (S. Bernard.)

Lune brillante
Étincelante
Au haut des cieux,
Sois-nous prospère
Et tutélaire
Dans tous les lieux.

La tempête se calme, si Marie ordonne qu'elle s'apaise ; les flots s'arrêtent, si Marie est nommée. (Pierre de Celle.)

Quand vient l'orage
Loin du rivage,
Les matelots
Te prient... leur âme
D'espoir s'enflamme
Au sein des flots.

Si tu donnes contre les écueils des tribulations, regarde l'étoile, invoque Marie.

Ma bonne étoile,
Conduis ma voile
Sur cette mer
De notre vie
Toujours remplie
D'un fiel amer

Celui qui ne t'aime pas est plus barbare que les bêtes sauvages, plus dur que le marbre. (Sarbiewschi.)

Le loup sauvage
Pour le carnage
Si plein d'ardeur,
Recherche l'ombre
De la nuit sombre
La pâle horreur.

—

Ainsi l'impie
Dans la furie
De son dessein,
Malgré ta gloire,
Dans la nuit noire
Frappe ton sein (1).

Tes mains sont pleines de faveurs pour ceux qui vont à toi. (S. Liguori.)

Le riche t'offre
L'or de son coffre,
Et, en retour,
Tu lui dispenses
Des dons immenses,
Mère d'amour.

Faire mention de toi est une douceur pour les oreilles, une douceur pour le cœur. (Un poëte ancien.)

Chaque poëte
Chante et répète
Ton nom pieux;
La lèvre pure
Qui le murmure
Le porte aux cieux.

(1) Allusion aux iconoclastes de 93. On vit, à cette époque malheureuse des forcenés, dans leur sacrilége fureur, brisant, à l'aide d'armes meurtrières, les statues de la Mère de Dieu.

Oiseaux, par vos chants, honorez aussi votre grande Reine. (S. Liguori.)

La tourterelle,
Sur la tourelle
Du vieux manoir,
Dit son cantique
Mélancolique
Durant le soir.

Des milliers et des milliers d'hommes, Reine très-clémente, crient vers toi et tous sont sauvés. (S. Antoine de Cantorbéry.)

Mère chérie,
Chacun te prie ;
Ta charité
Pure et féconde
Remplit du monde
L'immensité.

Marie..... ô nom qui guérit la bouche qui le nomme! O nom qui orne de grâces la langue qui l'appelle! O nom qui réjouit celui qui le cite! (Pierre de Celle.)

Comme un doux baume
Un pur arôme
Pour nos douleurs,

Ton nom, Marie,
Charme la vie,
Guérit nos cœurs.

Salut, ô l'unique élévation des humbles, l'unique bien des pauvres. (S. Jean Damascène.)

Ton assistance,
A l'indigence
Porte secours;
Douce lumière,
Elle tempère
Les sombres jours.

Salut, ô l'unique mère des orphelins. (S. Jean Damascène.)

Ta main divine
De l'orpheline
Guide les pas;
Tu la soulages,
Tu l'encourages
Jusqu'au trépas.

Salut, ô l'unique rappel des bannis et des exilés. (S. Jean Damascène.)

Lorsqu'il endure
L'atteinte dure
De ses malheurs,

L'exilé prie,
Vierge Marie
Sèche ses pleurs !

Rends-nous doux et chastes. (Extrait de l'*Ave Maria stella.*)

Mère si pure
Et sans souillure,
J'espère en toi !...
Fleur angélique,
Astre mystique
Éclaire-moi !...

Sous ton beau manteau, ô Souveraine bien-aimée, je veux vivre et même j'espère mourir un jour. (S. Liguori.)

O la lumière
De ma carrière
Dans ce séjour ;
A toi mon âme,
A toi la flamme
De mon amour.

Marie est mon espérance.

—

VITA, DULCEDO ET SPES NOSTRA, SALVE.

—

Lorsque, dans ce triste désert,
J'épuiserai jusqu'à la lie,
De mes jours le calice amer,
Pèlerin bien las, ô Marie,
A tes genoux
J'irai chercher un sort plus doux.

—

Je suis un faible nautonier
Voguant sur une mer houleuse...
Mais du timide marinier
N'es-tu pas l'aide généreuse ?

—

En butte à la fureur des vents,
Puis-je redouter le naufrage?...
Mon esquif franchit les brisants,
Et ta voix apaise l'orage!

—

Parfois comme un lâche soldat,
Effrayé, je mets bas les armes...
Tu me guides dans le combat
Et tu dissipes mes alarmes.

—

Je suis encore un orphelin
Abandonné sur cette terre...
Je viens t'implorer, et soudain
Tu me diras : voici ta mère.

—

Lorsque, dans ce triste désert,
J'épuiserai jusqu'à la lie,
De mes jours le calice amer,
Pèlerin bien las, ô Marie,
A tes genoux
J'irai chercher un sort plus doux.

Je veux t'aimer, Marie !...

—

Je veux t'aimer, Marie,
T'aimer toute ma vie,

Comme j'aime le lis virginal
Et le feu du rayon matinal,
Comme j'aime l'étoile
Qui dirige la voile
Des matelots
Au sein des flots.

—

Je veux t'aimer, Marie,
T'aimer toute ma vie,
Comme j'aime les belles couleurs
De nos fraîches guirlandes de fleurs,
Comme j'aime la rose
Tout récemment éclose
A l'horizon
D'un vert gazon.

—

Je veux t'aimer, Marie,
T'aimer toute ma vie,
Comme j'aime le chant des oiseaux
Se mêlant au murmure des eaux,
Comme j'aime la lyre
Qui tendrement soupire
Un air pieux
Et gracieux

—

Je veux t'aimer, Marie,
T'aimer toute ma vie,
Comme j'aime le souffle embaumé
Qu'exhale le jardin parfumé,
Comme j'aime la tige
Sur laquelle voltige
Le doux pinson
Dans le vallon.

—

Je veux t'aimer, Marie,
T'aimer toute ma vie,
Comme j'aime l'astre de la nuit
Qui, durant le soir, paraît et luit.
Comme j'aime l'aurore
Qui de feux se colore
Dès le matin,
Dans le lointain.

Le doux nom de Marie.

—

Qu'il est parfumé le bocage
Assis au fond d'un val sauvage.

Lorsque du printemps les beaux jours
Le parent de riches atours!
Bien plus doux est pour mon âme ravie
Ton embaumé nom, ô Marie.

—

Qu'il est ravissant pour mon âme
Le bruit cadencé de la rame
Se mêlant au chant du marin
Qui guide au port le pèlerin!
Bien plus doux est pour mon âme ravie
Ton nom ravissant, ô Marie.

—

Qu'elle est, pour notre cœur, charmante
La voix de l'oiseau quand il chante,
Quand il soupire sur l'ormeau,
Près de l'église du hameau!
Bien plus doux est pour mon âme ravie
Ton nom si charmant, ô Marie.

—

Qu'elle est belle à voir la colline
Lorsque, riante, elle s'incline
Offrant à nos regards des fleurs,
Des arbres aux mille couleurs!
Bien plus doux est pour mon âme ravie
Ton nom si riant, ô Marie.

Qu'il est suave à mon oreille
Le bourdonnement de l'abeille,
Quand elle cueille son trésor
Sur la fleur au calice d'or !
Bien plus doux est pour mon âme ravie
Ton suave nom, ô Marie.

—

Qu'il est, dans mes pensées, aimable
Le souvenir si délectable
De mon pays... de son clocher !
Debout sur les flancs d'un rocher !
Bien plus doux est pour mon âme ravie
Ton aimable nom, ô Marie.

—

Qu'elle est magique la parole
D'un tendre ami qui nous console,
Quand, obéissant à son cœur,
Il vient calmer notre douleur !
Bien plus doux est pour mon âme ravie
Ton magique nom, ô Marie.

—

Qu'il est enchanteur le rivage
Lorsque, après un affreux orage,
Il s'offre aux regards étonnés

Des marins longtemps consternés!
Bien plus doux est pour mon âme ravie
Ton nom enchanteur, ô Marie.

—

Qu'elle est pure et brillante l'onde
Qui, fugitive et vagabonde,
Erre un instant sous le buisson,
Puis vient mugir dans le vallon!
Bien plus doux est pour mon âme ravie
Ton nom si brillant, ô Marie.

—

Qu'elle est bienfaisante l'étoile,
Quand elle dirige la voile
Du nautonier aventureux
Sur un océan ténébreux!
Bien plus doux est pour mon âme ravie
Ton nom bienfaisant, ô Marie.

—

Qu'elle est poétique la prière
Du cœur s'exhalant solitaire,
Portant jusqu'au Ciel nos désirs,
Notre espoir avec nos soupirs!
Bien plus doux est pour mon âme ravie
Ton nom poétique, ô Marie.

Qu'il est enivrant le murmure
D'une eau coulant limpide et pure
Dans les jardins, sur les côteaux,
Sur la pelouse des châteaux !
Bien plus doux est pour mon âme ravie
Ton nom enivrant, ô Marie.

Soupirs aux pieds de ma Mère.

—

Est-il de lieu, de rang où la foi ne t'implore ?
Tu recueilles ses vœux, ses larmes et ses cris,
Des mers de l'occident à celles de l'aurore
Et du chaume aux lambris. (Reboul.)

I.

On dit que ton chaste sourire
Apaise tout cœur désolé,
Qu'auprès de toi nul ne soupire
Sans qu'il revienne consolé.

Je veux te donner mes alarmes
Mes espérances, mes douleurs ;
Taris la source de nos larmes,
Change nos épines en fleurs.

II.

On dit que toujours, dans sa prière,
L'homme réclame ton pouvoir,
Et qu'un rayon de ta lumière
Nous donne et la vie et l'espoir.

—

Au malheureux rends le courage,
Au captif son pays lointain ;
Délivre l'esquif du naufrage,
Sois la mère de l'orphelin.

III.

On dit que pour nous ta médaille
Est le gage d'un heureux sort,
Et que, sur le champ de bataille,
Elle préserve de la mort.

—

C'est la médaille de ma mère,
Je veux la graver dans mon cœur ;
Elle est, au sein de ma misère,
Un doux présage de bonheur.

IV.

On dit que le vaisseau timide
Qui sillonne les flots amers,
Quand il vogue sous ton égide
Ne craint point la fureur des mers.

—

Contre la barque de Pierre
S'élèvent des vents furieux...
Deviens son phare tutélaire,
O brillante étoile des cieux !

Marie!.. Ah ! qu'elle est belle !

—

A M. l'Abbé Pillon, de Thury, Directeur du Rosier de Marie.

—

Ah ! qu'elle est belle ! qu'elle est belle !
La divine Reine des cieux !
Que sur mon luth chaste et pieux
Résonne un chant d'amour pour elle !

Quand elle murmure à mon cœur
Ces mots : Enfant, sois-moi fidèle
Pour conquérir le vrai bonheur !
Ah ! qu'elle est douce, qu'elle est belle !

—

Quand elle donne aux pèlerins
Qui l'implorent dans sa chapelle,
Des jours prospères et sereins :
Ah ! qu'elle est tendre, qu'elle est belle !

—

Quand elle vient, durant le soir,
Dorer mes rêves,... c'est bien elle
Qui me berce d'un doux espoir !
Ah ! qu'elle est pure, qu'elle est belle !

—

Lorsque votre Rosier fleuri
Qui s'abrite heureux sous son aile,
Répand au loin son nom chéri..
Ah ! qu'elle est sainte, qu'elle est belle !

—

Lorsqu'elle vient tendre la main
A l'infortuné qui chancelle
Parmi les ronces du chemin ;
Ah ! dites aussi qu'elle est belle !

Lorsqu'elle fait surgir au port
Les matelots et leur nacelle,
En butte aux coups du vent du nord :
Ah ! proclamez-le ; qu'elle est belle !

—

Écoutez ! tout redit son nom,
La fleur, l'abeille, l'hirondelle
Et l'écho charmant du vallon !
Ah ! qu'elle est belle ! qu'elle est belle !

—

Oui ! qu'elle est belle ! qu'elle est belle
La divine Reine des cieux !
Que sur mon luth chaste et pieux
Résonne un chant d'amour elle !

Les litanies de la Vierge.

I.

Aimant de l'âme (1)
Et chaste flamme
De tous les cœurs ;
Pour nos douleurs (2)
Sainte ambroisie,
Parfum de vie :
Guérissez-nous.

II.

Tige divine (3)
Vers qui s'incline
Le roi des cieux ;
Val délicieux (4)
Où naît l'arôme
Du cinnamome :
Embaumez-nous.

III.

Brise odorante (5)
Et bienfaisante
Venant du ciel ;
De l'Éternel
Lis magnifique (6),
Rose mystique (7) :
Enivrez-nous.

(1) Marie est la ravisseuse de nos cœurs : Raptrix cordium. (S. Anselme.)

(2) Elle est une source de consolations : Fons consolationis (Idem.)

(3) Elle est la tige toujours verdoyante de la virginité : Ramus virginitatis semper virens. (Hugues de Saint-Victor.)

(4) Comme le cinnamome... j'ai donné mon odeur : Ego sicut cinnamomum odorem dedi. (Eccles. XXIV.)

(5) Saint Ildefonse et saint André de Crète disent que Marie est le parfum divin de la gloire véritablement immortelle.

(6) Elle est le lis immaculé qui a produit une rose qui ne se flétrira pas : Lilium immaculatum, rosam immorcessibilum generans. (S. Epiphane.)

(7) Elle est la rose mystique : Rosa mystica. (L'Église.)

IV.

Céleste aurore ([1])
Qui se colore
Des plus beaux feux ;
Du malheureux ([2])
Faible et timide
Espoir et guide :
Consolez-nous.

V.

Fraîche rosée ([3])
De la vallée
Et du désert ;
Divin concert ([4])
Qui ravit l'âme
Et qui l'enflamme :
Inspirez-nous.

VI.

Claire fontaine ([5])
Où l'homme en peine
Vient s'abreuver ;
Pour nous sauver
Abri tranquille ([6])
Et doux asile :
Recueillez-nous.

VII.

Aimable Reine ([7])
Et souveraine

(1) Saint Pierre Damien, Hugues de Saint-Victor et Saint-Bernard disent que Marie fut l'aurore qui donna naissance au Soleil de justice, Notre-Seigneur.

(2) Elle est le salut des faibles : Salus infirmorum. (L'Église.)

(3) Elle est la rosée de notre âme aride : Ros aridæ animæ. (S. Germain de Constantinople.)

(4) Salut, ô Marie, douce Philomèle : O Maria Philomela dulcis. (Adam de Perseigne.)

(5) Marie est la fontaine de la miséricorde : Fons misericordiæ. (S. Amédée de Lausanne.)

(6) Elle est le port de l'indulgence où nous devons fixer l'ancre de notre espérance : Portus indulgentiæ ubi figenda est anchora nostræ spei. (S. Anselme.)

(7) Marie est une reine pleine de douceur : Regina suavissima. (Pierre de Blois.)

De l'univers ;
Au sein des mers ;
Lune brillante [1]
Et éclatante :
Éclairez-nous.

VIII.

Verte prairie [2]
Tout enrichie
De boutons d'or ;
Riche trésor [3]
Et opulence
De l'indigence :
Secourez-nous.

IX.

Perle cachée [4]
Et recherchée
Dans tous les lieux ;
Beauté des cieux
Trône de gloire
Et tour d'ivoire [5] :
Abritez-nous.

X.

Bonheur des anges [6],
De leurs louanges
Objet constant ;
A chaque instant
Notre patronne [7]
Toujours si bonne :
Protégez-nous.

---

(1) L'Église chante qu'elle est belle comme la lune : Pulchra ut luna.

(2) Marie est une prairie verdoyante : Pascua virens. (S. Bernard.)

(3) Elle est le trésor des trésors : Pretium pretiorum (Adam de Perseigne.)

(4) Elle est la perle rare de toute la nature. (S. Ephrem.)

(5) Turris eburnea (l'Église.)

(6) Elle est la reine des anges. (l'Église.)

(7) Elle est notre patronne, car elle défend notre cause avec zèle et promptitude : Patrona nostra amica et promptissima. (Pierre Damien.)

FIN.

TABLE DES MATIÈRES

—

www.ingramcontent.com/pod-product-compliance
Lightning Source LLC
LaVergne TN
LVHW012017220826
846092LV00001B/388

* 9 7 8 2 3 2 9 7 5 8 2 1 3 *